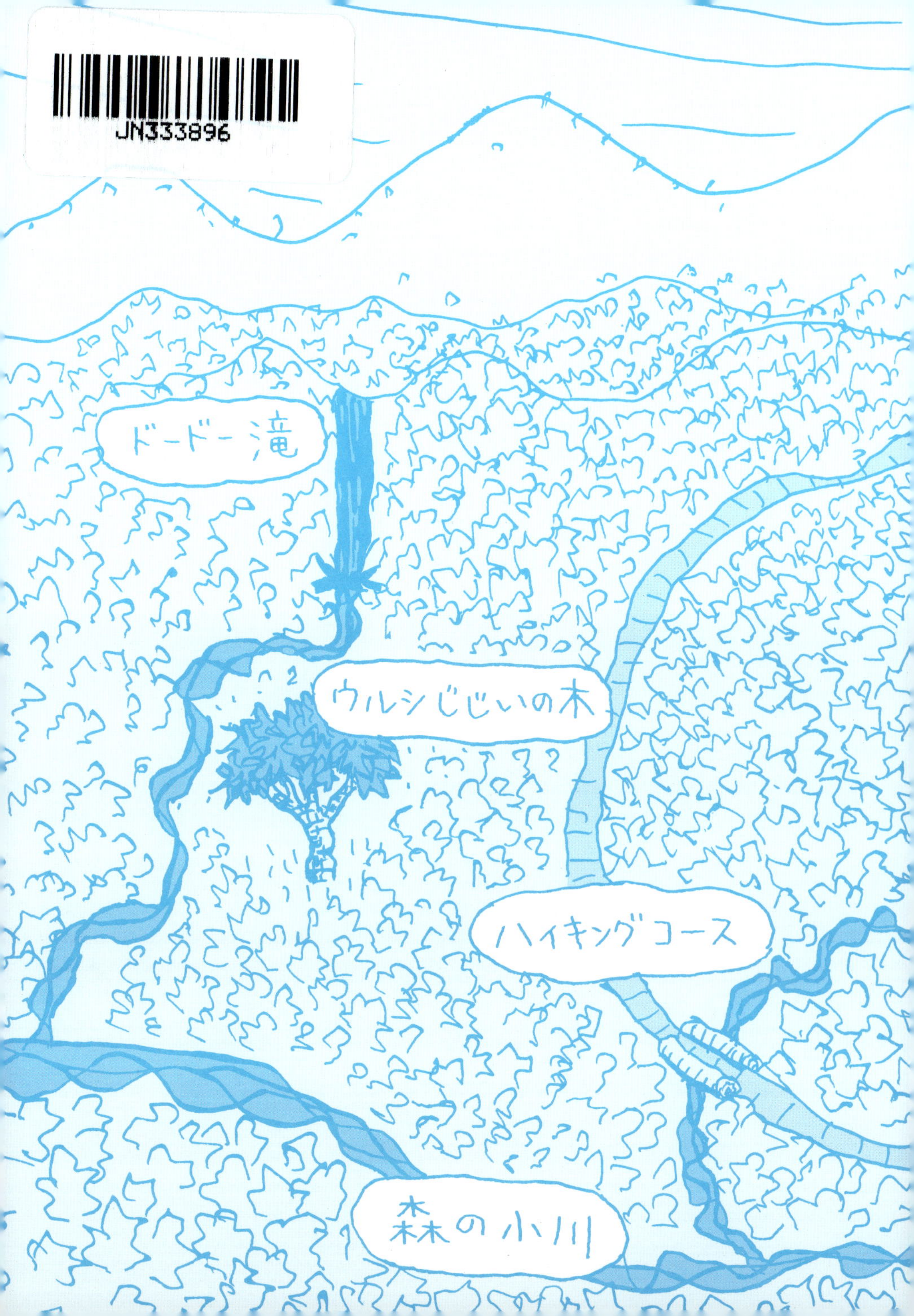
ドードー滝
ウルシじじいの木
ハイキングコース
森の小川

クルミ森のおはなし④

魔《ま》法《ほう》のおふだを
バトンタッチ

末吉暁子　作

多田治良　絵

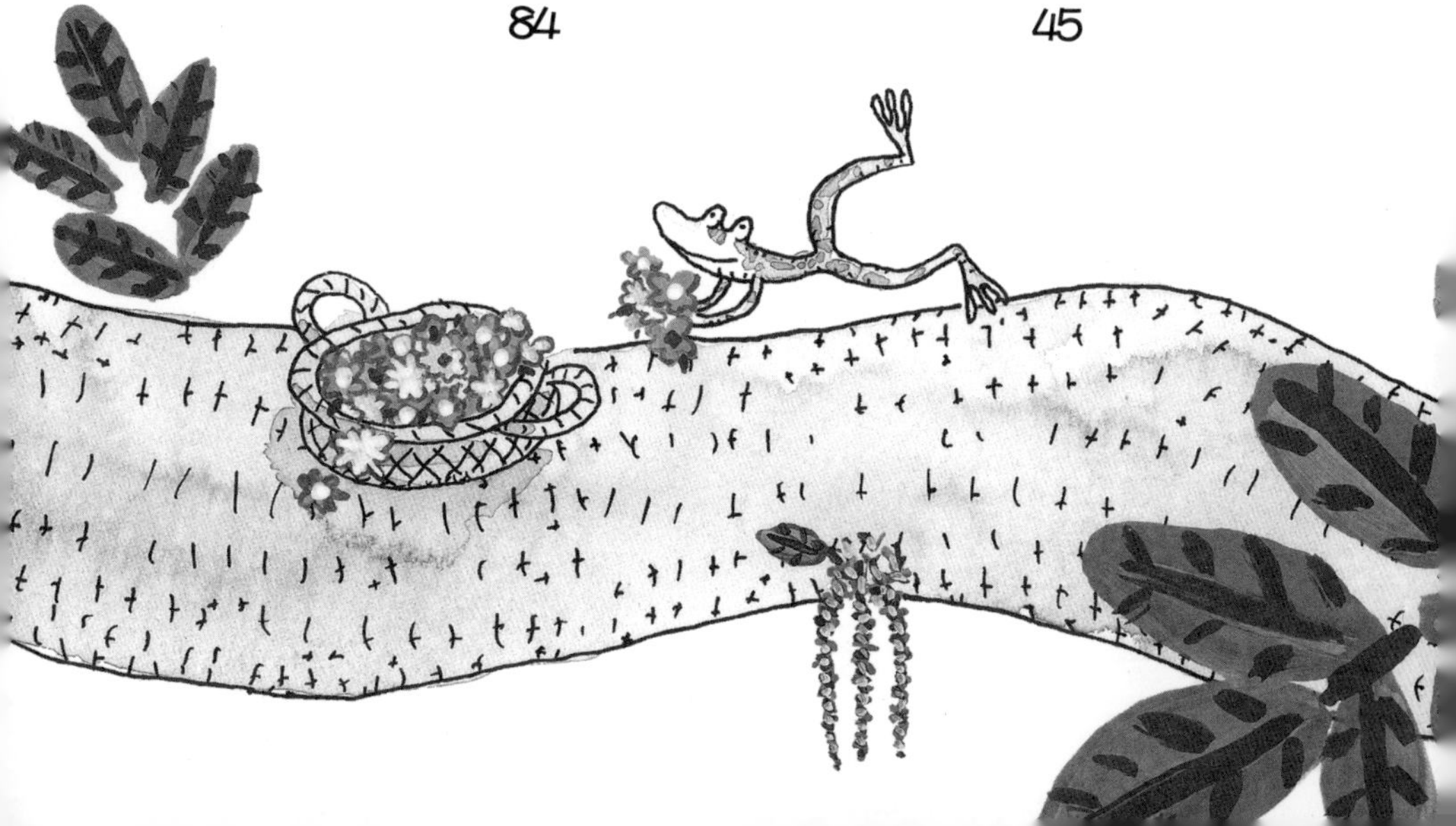

おじいちゃんにきた手紙《てがみ》

春《はる》になって、コータは三年生《さんねんせい》になりました。

足《あし》を骨折《こっせつ》して、しばらくつえをついていたおじいちゃんも、もう、つえがなくても歩《ある》けるようになりました。

そんなある日《ひ》。

おじいちゃんのところに、一通《いっつう》の手紙《てがみ》がきました。

「へーえ。クルミ森小学校《もりしょうがっこう》の同窓会《どうそうかい》のお知《し》らせだよ」

おじいちゃんは手紙《てがみ》を読《よ》みなが

ら、おどろいたようにいいました。

「同窓会《どうそうかい》って？」

コータがたずねると、おじいちゃんはいいました。

「小学校《しょうがっこう》のとき、いっしょだった仲間《なかま》が、ひさしぶりに集《あつ》まるんだよ。クルミ森小学校《もりしょうがっこう》っていえば、おじいちゃんが子《こ》どものころ、ソカイしていたときの小学校《しょうがっこう》だ。クルミ森《もり》のそばにあったんだよ」

クルミ森《もり》は、車《くるま》で高速道路《こうそくどうろ》を一時間《いちじかん》ぐらい北《きた》にむかって走《はし》ったところにある森《もり》です。去年《きょねん》の夏《なつ》、はじめておじいちゃんにつれて行《い》ってもらったとき、コータは、その森《もり》で、半分《はんぶん》に割《わ》れたクルミのからをひろいました。

それは、クルミおばばの森《もり》へ入《はい》ることができる「魔法《まほう》のおふだ」でした。

そのあと、コータは、魔法《まほう》のおふだの力《ちから》で、何度《なんど》か、クルミおばばの森《もり》へ行《い》きました。

「ソカイって、いつかおじいちゃんが、教《おし》えてくれたよね……」

「そうだよ。おじいちゃんが子《こ》どものころ、日本《にほん》はよその国《くに》と戦争《せんそう》をしていたんだ。敵《てき》の飛行機《ひこうき》が飛《と》んできて町《まち》にばくだんを落《お》とすんだよ。だから、おじいちゃんは、子《こ》どもたちだけで、クルミ森《もり》のそばのお寺《てら》にソカイしていたんだ」

そういえば、コータがクルミおばばの森《もり》で会《あ》ったカズという男《おとこ》の子《こ》も、近《ちか》くのお寺《てら》にソカイしているといっていました。

(やっぱり、カズは、子《こ》どものときのおじいちゃんなんだよ)

コータは、胸《むね》のなかでつぶやきました。

でも、おじいちゃんは、クルミおばばの森《もり》のことはよく覚《おぼ》えていないというし、カズが持《も》っていた魔法《まほう》のおふだも持《も》っていないのです。

「おじいちゃん、同窓会《どうそうかい》に行《い》くんでしょ？　そのときは、ぼくもつれてってよね。ぼく、またクルミ森《もり》へ行《い》きたい！」

コータは、ワクワクしながらいったのですが、おじいちゃんはこまったような顔《かお》になりました。

「うーん、行《い》ってみたいような、行《い》きたくないような……」

「え、どうして？」

「そりゃ……ソカイ先《さき》では、みんなつらい思《おも》いをしたからなあ……」

「あ、そうか」

おじいちゃんの気持《きも》ちは、コータにもわかるような気《き》がしました。

（でも……ぼく、クルミおばばやクルミっこに、会《あ》いたいな……）

コータの気持《きも》ちが伝《つた》わったのか、おじいちゃんはいいました。

「やっぱり……思《おも》いきって行《い》ってみるか」

「やった！　ぼくもつれてってくれるよね」

コータは、飛《と》びあがりました。

おじいちゃんの同窓会《どうそうかい》は、五月《ごがつ》の連休《れんきゅう》のときだそうです。

晩《ばん》ごはんのときにそれをきいた、コータのお父《とう》さんがいいました。

「それじゃ、みんなで行《い》くか！　クルミ森《もり》のそばには、いい温泉《おんせん》があるそうじゃないか」

「そうね。おじいちゃんが同窓会《どうそうかい》にでている間《あいだ》、わたしたちは、温泉《おんせん》にでも入《はい》って、のんびりしてればいいわ」

お母《かあ》さんもうれしそうです。

「それはいい。同窓会《どうそうかい》は、温泉宿《おんせんやど》でやるんだ。みんなもそこに泊《と》まればいい」

おじいちゃんもいいいました。

「わあい！」

「やった！」

コータは、お姉《ねえ》ちゃんのユカとハイタッチ！

もちろん、コータは、温泉《おんせん》に入《はい》るのがうれしいわけではありません。

家族全員《かぞくぜんいん》で旅行《りょこう》することなんて、めったになかったからです。

それに、元気《げんき》になったといっても、おじいちゃんは足《あし》を骨折《こっせつ》したあとです。お父《とう》さんやお母《かあ》さんがいっしょに行《い》ってくれるなら、こんな安心《あんしん》なことはありません。

こうして、五月《ごがつ》の連休《れんきゅう》のある日《ひ》、コータたち一家五人《いっかごにん》は、お父《とう》さんの車《くるま》に乗《の》って出発《しゅっぱつ》しました。

運転《うんてん》するのは、お父《とう》さん。助手席《じょしゅせき》にはおじいちゃんがすわり、コータとユカとお母《かあ》さんは、うしろの席《せき》にすわりました。

コータは、クルミおばばからもらった魔法《まほう》のおふだを、忘《わす》れずにジーパンのポケットに入《い》れて行《い》きました。

お父《とう》さんの運転《うんてん》する車《くるま》は、お昼《ひる》ごろ温泉町《おんせんまち》につきましたが、コータたちは宿《やど》へは行《い》かず、クルミ森《もり》を目指《めざ》しました。そこで、お弁当《べんとう》を食《た》べるのです。

「ああ、おなかがすいた！」

「早《はや》くお弁当《べんとう》、食《た》べたーい！」

ユカとコータは、声《こえ》をそろえていいました。

「もうすぐだよ、クルミ森《もり》は！」

おじいちゃんの声《こえ》に、コータが車《くるま》の窓《まど》から外《そと》を見《み》ると、見《み》おぼえのある川《かわ》ぞいの道《みち》を走《はし》っていました。

「ほんとだ！」

この道《みち》がだんだん細《ほそ》くなって、行《い》きどまりになったところが、クルミ森《もり》の入《い》り口《ぐち》なのです。

そのまま車《くるま》で走《はし》って行《い》くと、道《みち》に面《めん》した家《いえ》が、だんだんまばらになってきました。

一軒《いっけん》の家《いえ》の前《まえ》で、ひとりのおじい

さんが、おけに入《はい》った野《や》菜《さい》を洗《あら》っています。コータたちの車《くるま》が近《ちか》づいて行《い》くと、おじいさんは顔《かお》をあげました。

コータのおじいちゃんは、じっとそのおじいさんを見《み》つめました。

車《くるま》がゆっくりとその家《いえ》の前《まえ》を通《とお》りすぎようとしたとき、とつぜん、おじいちゃんは声《こえ》をあげました。

「ちょっと、車《くるま》、とめて！」

お父《とう》さんがおどろいて車《くるま》をとめると、おじいちゃんはドアをあけ、そのおじいさんに近《ちか》づいて行《い》きました。

「知《し》り合《あ》いなのかな」

コータたちは、窓《まど》から、そのようすを見《み》まもっていました。

「あの……」

コータのおじいちゃんが声《こえ》をかけると、そのおじいさんは、はじめは、けげんな顔《かお》つきでしたが、すぐ笑顔《えがお》になりました。

「カズちゃんかい？」

「ミヤちゃんだね？」

「よくわかったねえ！」

「そっちこそ！」

ふたりのおじいさんは、大声《おおごえ》で笑《わら》いながら、手《て》をにぎり合《あ》いました。

「いやあ、今日《きょう》は同窓会《どうそうかい》があるだろ？　ひょっとして会《あ》えるんじゃないかと思《おも》ってたところだからね。そうじゃなきゃ、わからなかったろうなあ」

ミヤちゃんとよばれたおじいさんがいいました。

「ああ、同級生《どうきゅうせい》なのね」

車《くるま》のなかで、お母《かあ》さんが小声《こごえ》でいいました。

「でも、あれから六十年《ろくじゅうねん》以上《いじょう》たってるんだよ。しかも、うちのおじいちゃんは、その学校《がっこう》に一年《いちねん》しか通《かよ》っていないんだ。よくわかったもんだねえ」

お父《とう》さんが感心《かんしん》したようにいうと、

「あら、あんがいわかるもんよ。きっとどこかに、子《こ》どものころのおもかげが残《のこ》ってるのよ」と、お母《かあ》さんは、あまりおどろいたふうでもなく、いいました。

ふたりのおじいさんは、しばらくなつかしそうに何《なに》やら話《はな》していましたが、やがて、コータのおじいちゃんが、車《くるま》のなかにいるみんなを手《て》まねきしました。

「こちらは、クルミ森小学校《もりしょうがっこう》で同級生《どうきゅうせい》だった宮路《みやじ》さん」

それをきいて、お母《かあ》さんが「ほらね」というように、コータたちを見《み》てうなずきました。

「そうか、そうか。みんなできてくれたのか。うれしいね」

宮路《みやじ》さんは、まぶしそうにコータたちを見《み》て、いいました。

「これから、みんなでクルミ森《もり》に行《い》って、お弁当《べんとう》を食《た》べるんだよ」

「クルミ森《もり》かあ。よく遊《あそ》んだね……。なつかしいよ」

宮路《みやじ》さんは、目《め》を細《ほそ》めていいました。

「それじゃ、また！　つもる話《はなし》は同窓会《どうそうかい》で」

おじいちゃんは、宮路《みやじ》さんと手《て》をふって別《わか》れ、コータたちは、また出発《しゅっぱつ》しました。

「楽《たの》しみにしてるよ！」

走《はし》りだした車《くるま》のなかに、宮路《みやじ》さんのはずんだ声《こえ》がきこえてきました。

クルミ森《もり》は花《はな》ざかり

「ついたあ！　クルミ森《もり》だ！」

コータは、真《ま》っ先《さき》に車《くるま》から飛《と》びだしました。

森《もり》の木々《きぎ》は明《あか》るい若葉《わかば》におおわれ、むせ返《かえ》るような新緑《しんりょく》のにおいがしました。

森《もり》のなかから流《なが》れてきている小川《おがわ》のせせらぎも、春《はる》の日差《ひざ》しを浴《あ》びて、キラキラ光《ひか》っています。

（ああ、どうしているかなあ、クルミっこやクルミおばば！　早《はや》く会《あ》い

たいよ）

コータが、ずんずん森《もり》のなかへ入《はい》って行《い》こうとすると、すぐにうしろから、ユカの声《こえ》が追《お》いかけてきました。

「コータ！　かってにどんどん行《い》かないで！　先《さき》に、お弁当《べんとう》食《た》べようよ。あたし、おなかが、ぺっこぺこ！」

「そうだね。もう、お昼《ひる》をすぎてるし……。先《さき》に、どっかでお弁当《べんとう》食《た》べようか」

お父《とう》さんのことばに、みんな、うなずきました。

もちろん、コータだっておなかがペコペコです。

「どこか、お弁当《べんとう》食《た》べるのに、いい場所《ばしょ》はないかしら」

お母《かあ》さんはいいながら、あたりを見《み》まわしています。

「そうだ！　てんぐ岩《いわ》の前《まえ》はどう？」

コータは、いいました。

去年《きょねん》の秋《あき》、森《もり》の生《い》き物《もの》たちが集《あつ》まって、クルミまつりをしたところです。

「おお！　あそこなら日当《ひあ》たりもいい。コータ、よく思《おも》いついたね」

おじいちゃんにほめられて、コータは、ちょっぴりとくいです。

「よし、それじゃ近道《ちかみち》して、てんぐ岩《いわ》に行《い》こう」

さすが、おじいちゃんは、子《こ》どものころ、この森《もり》のそばにすんでいただけあって、よく知《し》っています。

おじいちゃんが案内《あんない》してくれた近道《ちかみち》を行《い》くと、すぐに、木立《こだち》の間《あいだ》から、天《てん》をつくような大岩《おおいわ》があらわれました。

「わーい！　てんぐ岩《いわ》だあ！　おまつり広場《ひろば》だ！」

コータは大《おお》よろこびでさけびました。

クルミまつりのときには、この広場《ひろば》じゅうに屋台《やたい》のお店《みせ》がならんでいましたし、岩《いわ》だなでは、小《こ》てんぐたちが、ふえやたいこで、おはやしをかなでていました。

でも、今《いま》、広場《ひろば》はシンとして、生《い》き物《もの》たちのすがたは見《み》えません。そのかわり、一面《いちめん》にシロツメクサやタンポポの花《はな》がさきみだれていました。

「わあ、きれい！　お花畑《はなばたけ》みたい！」

「すてきなところね！　あ、あの岩《いわ》だなの上《うえ》で、お弁当《べんとう》を広《ひろ》げましょう」

ユカもお母《かあ》さんも大《おお》はしゃぎで、岩《いわ》だなの上《うえ》にあがりました。

みんなは、持《も》ってきたしきものを広《ひろ》げると、さっそく、お弁当《べんとう》のつつみをあけました。

ひと口大《くちだい》のおにぎりに、ミニハンバーグに、タコウインナ。焼《や》きざかなやたまご焼《や》き。デザートには、いちごやブルーベリーのタルト。

コータの好《す》きなものばかりです。

「ほう！　大《おお》ごちそうじゃないか」

おじいちゃんも感心《かんしん》してながめています。

「いっただきまーす！」

おなかがすいていたコータやユカは、夢中《むちゅう》でお弁当《べんとう》にかぶりつきました。

「そうだ、写真《しゃしん》とろう。みんな、こっち、むいて！」

お父《とう》さんはカメラを取《と》りだすと、みんなのほうにむけました。

「はい、チーズ！」

ユカは、ピースサイン。コータは、両手《りょうて》にタコウインナを持《も》って、にっこり。

カチャッ！

「よし、うまくとれたかな」

デジタルカメラですから、お父《とう》さんは、とった写真《しゃしん》をすぐ再生《さいせい》してみました。

「うん、よくとれてる、とれてる」

まんぞくそうに見《み》ていたお父《とう》さんは、ふと首《くび》をかしげて、

「おや？　これ、なんだろう」

といいました。

「なになに？　どうしたの？」

コータも、カメラをのぞきこみま

した。

「ほら、ここ。みんなのうしろ。広場《ひろば》のタンポポの花《はな》のそばに、何《なに》かいるぞ」

お父《とう》さんは、きょろきょろ、広場《ひろば》のほうを見《み》まわしました。

コータも再生画面《さいせいがめん》を見《み》てみました。

リスか野《の》ネズミか、よくわかりませんが、小《ち》さな生《い》き物《もの》がタンポポの花《はな》のうしろから、こちらを見《み》ています。

（もしかしたら……クルミおばば？）

コータは、ふっとそう思《おも》いました。

「ぼく、見《み》てくる！」

コータは急《いそ》いで岩《いわ》だなからおりると、あたりを見《み》まわしながら、広場《ひろば》を歩《ある》いて行《い》きました。

でも、どこにも、なんにもいません。

（そうだ！　クルミのおふだを手《て》に持《も》ってみよう！）

コータは、ジーパンのポケットからおふだを取《と》りだして、手《て》のひらに乗《の》せてみました。

半分《はんぶん》に割《わ》れたクルミのからの真《ま》ん中《なか》は、きれいなハート型《がた》にくりぬかれています。これが、クルミおばばの魔法《まほう》のおふだなのです。

すると、ふいに、コータは、うしろからポンポンとかたをたたかれました。

ふり返《かえ》ると、クルミっことクルミおばばが立《た》っていて、ニコニコ笑《わら》っているではありませんか。

花《はな》の首《くび》かざり

「わあ！　クルミっこにクルミおばば！　こんな近《ちか》くにいたんだ！」

「そう！　あたいたちはここへ花《はな》をつみにきたんだ。そしたら、おばばがコータたちを見《み》つけたんだよ！」

クルミっこは、タンポポやシロツメクサだけでなく、スミレやヒメジョオンなど、たくさんの春《はる》の花《はな》が入《はい》ったかごを背《せ》おっていました。

クルミおばばは、てんぐのとっくりを背《せ》おっています。なかには、かんろ水《すい》が入《はい》っているのにちがいありません。

「ぼく、また、クルミおばばの森《もり》にこられたんだね！　うれしいな！

今日《きょう》はおじいちゃんもいっしょにきてるんだよ」

コータはそういうと、岩《いわ》だなのほうをふり返《かえ》りました。

ふりむいて、びっくり！

岩《いわ》だなの上《うえ》には、コータの家族《かぞく》のかわりに、カズが、ひとりで立《た》っていたのです。

（そうか。ほかのみんなは、おふだを持《も》っていないから、クルミおばばの森《もり》に入《はい》れないんだ……）

「コータ！」

カズは、岩《いわ》だなから飛《と》びおりて、コータのそばにかけよってきました。

「この間《あいだ》は、ありがとう。あのキャラメルのおかげで、村《むら》の子《こ》どもたちともなかよくなれたよ」

コータが、この前《まえ》、クルミおばばの森《もり》へきたとき、カズは、村《むら》の子《こ》どもたちに追《お》いかけられていました。

おなかがすいていたカズは、近所《きんじょ》の家《いえ》ののき下《した》からほしがきを一個《いっこ》ぬすんで食《た》べてしまったのです。村《むら》の子《こ》どもたちにつかまったら、ただじゃすまないといっていましたっけ。

「ほんと？　よかったね！」

コータが心《こころ》からほっとして、そういうと、カズはズボンのポケットから、半分《はんぶん》に割《わ》れたクルミのからを取《と》りだしました。

カズの持《も》っているクルミのおふだも、からの真《ま》ん中《なか》がきれいなハート型《がた》

にくりぬかれています。

それを見《み》たコータも、自分《じぶん》のクルミのおふだを取《と》りだして、カズのおふだと合《あ》わせました。

ふたつのおふだは、すいつくように、ぴったりとくっつきました。

そう。ふたりの持《も》っているおふだは、もともと、ひとつのクルミだったのです。

「ぼく、クルミっこやクルミおばばに会《あ》いにきたんだよ」

カズがいうと、クルミっこが、うれしそうにカズにかけよりました。

「うふふ！　じゃあ、ちょうどよかった！　コータもカズも、いっしょに行《い》こう！　これから、ヘータロの結婚式《けっこんしき》があるんだよ」

「ええーっ？　あの、ヒキガエルのヘータロの結婚式《けっこんしき》？」

コータは、また、びっくりです。

「あいあい。ヘータロは、春《はる》になったとたん、すてきなヒキガエルのおじょうさんにひと目《め》ぼれしてね。めでたく結婚《けっこん》するのさ」

「そうじゃ。もうじき、あのヘータロ沼《ぬま》が、おたまじゃくしでいっぱいになるぞ。楽《たの》しみなことじゃ。カッカッカ！」

クルミおばばは、あいかわらず、大《おお》きな口《くち》をカスタネットみたいにパカパカさせて笑《わら》いました。

「じゃあ、ぼくたちも何《なに》かあげようよ」

カズがいいました。

「でも、ぼく、なんにも持《も》ってないよ」

コータは、ポケットのなかをさぐりましたが、こんなときにかぎって、ビー玉《だま》ひとつでてきません。

「そうだ！　シロツメクサの首《くび》かざり、あげようよ」

カズがいいました。

「シロツメクサの首《くび》かざり？」

コータがきょとんとしていると、カズは、せっせとシロツメクサの花《はな》をつみとり、三《み》つあみのように、あみはじめました。

「ほら、こうやって作《つく》るんだよ。ぼくも、村《むら》の子《こ》どもに教《おそ》わったんだ」

たちまち、小《ちい》さな首《くび》かざりをこしらえて、コータに見《み》せました。

「ぼくにもできるかな……」

コータもまねをして、花《はな》の首《くび》かざりを作《つく》ってみました。

すると、思《おも》ったよりもかんたんに、できました。

「できた！」

「カッカッカ！　じょうできじゃ！　ヘータロも大《おお》よろこびするぞ！　さあ、それじゃ、いくぞ」

「あいあい！」

「よしきた！」

「イエーイ！」

四人《よにん》は、ぎょうれつになって進《すす》んで行《い》きました。

ホーイ　ホーイ　ぎょうれつだ
沼《ぬま》のほとりの　ヤナギの下《した》で
結婚式《けっこんしき》が　はじまるぞ
ヘータロ沼《ぬま》まで　ぎょうれつだ

クルミっこが元気《げんき》に歌《うた》いだすと、みんなもいっしょになって歌《うた》いながら、飛《と》びはね、飛《と》びはね、ヘータロ沼《ぬま》を目指《めざ》しました。

ヘータロ沼《ぬま》の結婚式《けっこんしき》

ヘータロ沼《ぬま》につくと、もう、沼《ぬま》のほとりは、おめかししたたくさんのカエルたちでいっぱいでした。カエルの長老《ちょうろう》みたいなおじいさんの手《て》ぶりにあわせて、みんなで合唱《がっしょう》しています。

ゲロゲロゲ〜　ゲロゲロゲ〜
ゲーロロ　ゲロゲロ
ゲロゲロゲーロロロ〜
きょうは　めでたい　結婚式《けっこんしき》　ホ〜〜！

ゲーロロ　ゲロゲロ　ゲロゲロゲーロロロ～

「ちょうど間《ま》に合《あ》ったぞ。花《はな》よめ、花《はな》むこの入場《にゅうじょう》だ」

クルミおばばが、ヤナギの木《き》を見《み》あげていいました。

みんなも歌《うた》うのをやめて、いっせいにヤナギの木《き》を見《み》あげます。

すると、ふいに一本《いっぽん》の枝《えだ》がゆれて、ぴょんぴょーんと、二《に》ひきのヒキガエルが飛《と》びおりてきました。

「花《はな》よめさんと花《はな》むこさんだ！」

クルミっこが歓声《かんせい》をあげました。

「あーっ、ヘータロだ！」

あとから飛《と》びおりてきたヒキガエルを見《み》て、コータも声《こえ》をあげました。

ヘータロと花《はな》よめさんは、ヤナギの下《した》の切《き》り株《かぶ》の上《うえ》に、おひなさまみたいにならんですわりました。

花《はな》よめさんは、まっ白《しろ》な花《はな》をつないだ花《はな》よめいしょう。ヘータロも若葉《わかば》をつないだすてきな服《ふく》をきています。

ときどき花《はな》よめさんを見《み》ては、ニカーッと笑《わら》い、やさしくいしょうを直《なお》してあげたりしているようすは、いつものいばりんぼうのヘータロとは、とても思《おも》えません。

「さあ！　いよいよ、三々九度《さんさんくど》のさかずきだ」

クルミおばばがひょうたんを持《も》って、花《はな》よめ花《はな》むこのほうに出《で》て行《い》きました。

ふたりの前《まえ》には、葉《は》っぱでできた大中小《だいちゅうしょう》の三《みっ》つのさかずきがならんでいます。カエルの長老《ちょうろう》は、おばばからひょうたんを受《う》け取《と》ると、まず、小《ちい》さいさかずきにちょびっとつぎました。

ヘータロは、ベローっと長《なが》い舌《した》をだして、さかずきのかんろ水《すい》をなめ、花《はな》よめさんのほうにさしだしました。こんどは、花《はな》よめさんが、同《おな》じようにして、さかずきのかんろ水《すい》をなめます。

「ねえ、何《なに》やってるの？」

コータが小声《こごえ》できくと、クルミっこは、うっとりしたようにながめながら教《おし》えてくれました。

「三々九度《さんさんくど》のさかずきをかわしてるんだよ。ああやって、三回《さんかい》ずつ同《おな》じさかずきから飲《の》んでいくの。結婚式《けっこんしき》のしきたりさ」

クルミっこがいったように、花《はな》むこ花《はな》よめが九回《きゅうかい》ずつ、さかずきをかわし終《お》わると、それまで静《しず》かに見《み》まもっていた岸辺《きしべ》のカエルたちは、いっせいに、よろこびの声《こえ》をあげました。

「ゲロロー！　おめでとう！」

「ケロケロー！　おしあわせに！」

ヘータロは、おもむろに花《はな》よめの手《て》をとると、沼《ぬま》にむかって歩《ある》きだしました。

「ヘータロ、しあわせになってね！」

クルミっこは、そんなふたりに、かごのなかの花《はな》びらを雨《あめ》のようにふらせました。

しあわせいっぱいのへらへら笑顔《えがお》で歩《ある》いてきたヘータロは、コータの顔《かお》を見《み》たとたん、口《くち》をひんまげました。

「へ！　まーた、おまえか。よんだおぼえは……」といいかけたのですが、コータが持《も》っている花《はな》の首《くび》かざりを見《み》たとたん、ニマッと笑《わら》って、口《くち》をつ

ぐみました。

「ほら、今《いま》だよ。花《はな》の首《くび》かざりを！」

クルミっこが、コータとカズをつつきます。ふたりはあわてて、花《はな》の首《くび》かざりをさしだしました。

「ヘータロ、結婚《けっこん》、おめでとう！　これ、ぼくたちが作《つく》ったんだよ」

コータはヘータロに、カズは花《はな》よめさんに、花《はな》の首《くび》かざりをかけてあげました。

「へ！　じゃあ、おれさまの結婚式《けっこんしき》への参列《さんれつ》をゆるす！」

ヘータロは、いつものように、そっくり返《かえ》っていいました。

「ありがとう。すてきな花《はな》の首《くび》かざり……」

花《はな》よめさんも、にっこりしました。

「さあさあ、早《はや》く葉《は》っぱに乗《の》るだよ！」

カエルの長老《ちょうろう》が、花《はな》よめ花《はな》むこをせかします。

見《み》れば、沼《ぬま》の上《うえ》には、大《おお》きなハスの葉《は》っぱがうかんでいるのでした。

その葉《は》っぱは、細《ほそ》いひもで岸辺《きしべ》の草《くさ》に結《むす》ばれています。

長老《ちょうろう》は、ハスの葉《は》を結《むす》んだ細《ほそ》いひもをたぐりよせて、岸辺《きしべ》に近《ちか》づけました。

「では、行《い》ってくるぞよ」

まず、ヘータロがハスの葉《は》にぴょんと乗《の》りうつり、やさしく花《はな》よめさんに手《て》をさしだしました。花《はな》よめさんはにっこりとほほ笑《え》むと、ヘータロの手《て》をとって、ぴょんと乗《の》りうつりました。

ふたりがハスの葉《は》に乗《の》ったのを見《み》とどけると、長老《ちょうろう》はおごそかに、葉《は》っぱを結《むす》んだひもをほどきました。

花《はな》よめ花《はな》むこを乗《の》せた葉《は》っぱは、小舟《こぶね》のようにするすると、沼《ぬま》の真《ま》ん中《なか》にむかって進《すす》んで行《い》きます。

沼《ぬま》のほとりをうずめていたカエルたちは、いっせいに手《て》をふって、さけびました。

「ゲロロー！　行《い》ってらっしゃーい！」

「ケロケロー！　気《き》をつけて！」

コータは、そっとクルミっこにたずねました。

「ふたりはどこへ行《い》くの？」

すると、クルミっこも、そっと教《おし》えてくれました。

「うふふ、新婚旅行《しんこんりょこう》さ。沼《ぬま》に飛《と》びこんで、沼《ぬま》の底《そこ》のほうにある横《よこ》あなから、ドードー滝《だき》まで行《い》ってくるんだよ。地下《ちか》の大《だい》ぼうけん旅行《りょこう》だね」

「そうじゃ。ヘータロが花《はな》よめの前《まえ》で、いいところを見《み》せる絶好《ぜっこう》のチャンスじゃ！」

クルミおばばも、片目《かため》をつぶっていいました。

「へーえ！　すごいね。じゃあ、ぼくたちも応援《おうえん》しなくちゃ！」

コータも、ワクワクしてきました。

さらわれた花《はな》よめ花《はな》むこ

思《おも》いがけないことが起《お》きたのは、そのときでした。

とうげのほうから飛《と》んできた一羽《いちわ》の大《おお》きな鳥《とり》が、沼《ぬま》の上《うえ》に影《かげ》を投《な》げかけながら、とつぜん舞《ま》いおりてきたのです。

「あっ、タカだ！」

誰《だれ》かがさけぶ声《こえ》がきこえました。

おどろいているみんなの目《め》の前《まえ》で、タカは両足《りょうあし》のつめで、がっしりと花《はな》よめをつかむと、空《そら》へ舞《ま》いあがりました。

「きゃあー！」

花《はな》よめさんの悲鳴《ひめい》が、空《そら》にひびきわたりました。

でも、あっという間《ま》のできごとで、だれもどうすることもできませんでした。

ところが、もっとおどろくことが起《お》きました。

なんと、タカが空中高《くうちゅうたか》く飛《と》び去《さ》ってしまう寸前《すんぜん》、ヘータロがいきなりジャンプして、花《はな》よめに飛《と》びついたのです。

それは、いくらジャンプのとくいなカエルでも、とてもとどくはずはないという高《たか》さでした。

ヘータロが、花《はな》よめのあと足《あし》に飛《と》びついた瞬間《しゅんかん》、タカは、ぐらりとかたむきました。でも、花《はな》よめをはなすどころか、そのまま、ヘータロまでもぶらさげて、空高《そらたか》く飛《と》んで行《い》ってしまったのです。

「た～す～け～て～くれ～！」

ヘータロのさけび声《ごえ》は、だんだん遠《とお》くなっていきます。

岸辺《きしべ》で見《み》ていたものたちは、やっと声《こえ》をあげました。

「ゲロロー！　大変《たいへん》だ！」

「ゲゲゲー！　花《はな》よめと花《はな》むこがさらわれた！」

「ケロロー！　ふたりとも、タカのえさにされちまうぞ！」

コータやカズも、ただ青《あお》ざめて、飛《と》び去《さ》って行《い》くタカのすがたを、目《め》で追《お》っているのがせいいっぱいでした。

タカは、花《はな》よめと花《はな》むこをぶらさげたまま、どんどん、とうげのてっぺんのほうに遠《とお》ざかって行《い》きます。

「おばば、なんとかして！　あのままじゃ、ふたりとも、タカに食《た》べられちゃう!」

クルミっこが、おばばに取《と》りすがって、泣《な》きさけびながらいいました。

じっとタカのゆくえを見《み》まもっていたクルミおばばは、葉《は》っぱの両手《りょうて》を口《くち》にかざすと、耳《みみ》もつんざくような大声《おおごえ》で、おまじないをとなえはじめました。

シャバラン　シャバラン　シャワワワン
花《はな》よめ　花《はな》むこが　さらわれた
とうげのタカに　さらわれた
オオタカ山《やま》の　小《こ》てんぐたちよ
クルミおばばの　たのみだぞ
花《はな》よめ　花《はな》むこを　とりかえせ
シャバラン　シャバラン　シャワワワン

すると、オオタカ山《やま》の中腹《ちゅうふく》から、わらわらと鳥《とり》のようなものが飛《と》びだしてきました。

一羽《いちわ》、二羽《にわ》、三羽《さんわ》、四羽《よんわ》。

ぐんぐん大《おお》きくなって近《ちか》づいてきます。

カラスのようなくちばしと羽《はね》が見《み》えます。はかまをはいて、頭《あたま》には、三《さん》角《かく》のかぶりものをつけています。

「あっ、小《こ》てんぐたちだ！」

「オオタカ山《やま》の小《こ》てんぐだ！」

コータとカズはさけびました。

そうです。秋《あき》のクルミまつりのときに、てんぐ岩《いわ》でおはやしを演奏《えんそう》していた小《こ》てんぐたちにちがいありません。手《て》に手《て》にぼうを持《も》ち、まっすぐタカにむかって飛《と》んで行《い》きます。

それを見《み》たタカは、あわててくるりとむきを変《か》え、ドードー滝《だき》のほうににげはじめました。

「待《ま》て！　待《ま》て！」

「花《はな》むこ、花《はな》よめを返《かえ》せ！」

小《こ》てんぐたちは、スピードをあげて、ぐんぐんタカに迫《せま》って行《い》きます。

そして、ドードー滝《だき》があるあたりの上空《じょうくう》にさしかかったとき、とうとうタカに追《お》いつきました。

小《こ》てんぐたちは、「それっ！」と、手《て》にしたぼうでタカに打《う》ちかかります。

でも、タカも負《ま》けてはいません。するどいくちばしで小《こ》てんぐたちをつつきます。空中《くうちゅう》に、鳥《とり》の羽《はね》が花火《はなび》のように飛《と》び散《ち》りました。

二《に》ひきのヒキガエルは、タカがむきを変《か》えるたびにブンブンふりまわされます。それでも、タカは決《けっ》して花《はな》よめさんをはなしませんでした し、ヘータロも、花《はな》よめさんにつかまった両手《りょうて》をはなそうとしませんでした。

そのとき、小《こ》てんぐのひとりが、下《した》にまわって、ヘータロの足《あし》をぐいと引《ひ》っぱりました。

それを見《み》たほかの小《こ》てんぐも、

いっしょにヘータロの足《あし》にぶらさがります。

「へー！　へー！　おれさまの足《あし》、ちぎれる〜！」

ヘータロが悲鳴《ひめい》をあげました。

花《はな》よめは、もう、ピクリとも動《うご》きません。

地上《ちじょう》で見《み》まもっているコータたちも、ハラハラドキドキです。

「花《はな》よめさん、だいじょうぶかな。ぐったりしてるよ……」

カズが心配《しんぱい》そうにいいました。

「ヘータロだって、高《たか》いところがこわいんだよ」

そう、コータは知《し》っています。あんなにいばっているヘータロなのに、高《たか》いところだけはこわいってことを……。

「ヘータロのやつ、せっかく花《はな》よめにいいところを見《み》せようとしてたのに、とんだことになっちまったねえ」

クルミおばばも、おでこにしわをよせていいました。

「ああ、小《こ》てんぐさんたち、早《はや》く、花《はな》よめさんと花《はな》むこさんを取《と》り返《かえ》してきて！」

クルミっこが両手《りょうて》を胸《むね》の前《まえ》で合《あ》わせ、祈《いの》るようにつぶやきました。

さすがのタカも、こんなにおおぜいをぶらさげているのでは、思《おも》うように飛《と》べません。

ぐらりぐらりとかたむきながら、あぶなっかしく飛《と》んでいましたが、ついに力《ちから》つきたのか、ヘータロや小《こ》てんぐたちをぶらさげたまま、ドードー滝《だき》の森《もり》のあたりに落《お》ちていきます。

「ひゃー！　落《お》ちるどー！　こわいどー！」

ヘータロのさけび声《ごえ》がきこえてきました。

そのようすを、コータたちは、息《いき》をのんで見《み》つめていました。

タカは、いったんは森《もり》のなかに落《お》ちていって見《み》えなくなりましたが、すぐに、また舞《ま》いあがり、いちもくさんにとうげのほうへ逃《に》げて行《い》きます。

でも、その足《あし》には、なんにもつかんではいません。

「とうとう、タカが、ヘータロたちをはなしたんだ！」

「ヘータロたち、だいじょうぶかな……」

「無事《ぶじ》でいるかしら……」

コータたちが心配《しんぱい》していると、おばばが、みんなを安心《あんしん》させるようにいいました。

「小《こ》てんぐたちが助《たす》けるだろう」

ところが、しばらくすると、小《こ》てんぐたちが舞《ま》いあがり、何《なに》かをさがすように、上空《じょうくう》をぐるぐるまわりはじめたではありませんか。

それを見《み》たおばばは、「おんや?」と、顔《かお》をしかめました。

「小《こ》てんぐたち、ヘータロと花《はな》よめをさがしてるようだぞ。こりゃ、大変《たいへん》じゃ!」

「ヘータロたちをさがしに行《い》かなきゃ!」

「ドードー滝《だき》のほうじゃ! 急《いそ》げ!」

クルミっことおばばは、ころがるようにかけだしました。

「ぼくたちも行《い》ってみよう!」

コータとカズも、あわててそのあとを追《お》いかけました。

「みなのしゅう。花《はな》よめ、花《はな》むこの無事《ぶじ》を祈《いの》ろう!」

コータのうしろから、カエルの長老《ちょうろう》の声《こえ》がきこえてきました。

花よめ花むこをさがせ

「ドードー滝《だき》は、人間《にんげん》が歩《ある》く道《みち》のむこうじゃ！」

おばばがさけびました。

人間《にんげん》の歩《ある》く道《みち》というのは、ハイキングコースのことにちがいありません。

クルミっことおばばは、森《もり》のなかの道《みち》もないところを、飛《と》ぶようにかけぬけて、ドードー滝《だき》を目指《めざ》します。

コータとカズも、おいていかれないように、ひっしであとに続《つづ》いて行《い》きました。

ハイキングコースをこえると、やがて、小高《こだか》い山《やま》の上《うえ》から、まっすぐに水《みず》が流《なが》れ落《お》ちている滝《たき》が見えてきました。

「あれが、ドードー滝《だき》だよ！」

クルミっこがいいました。

滝《たき》の上空《じょうくう》を小《こ》てんぐたちが、きょろきょろ下《した》を見《み》ながら飛《と》びまわっています。

小《こ》てんぐたちは、クルミおばばたちのすがたを見《み》つけると、次々《つぎつぎ》に舞《ま》いおりてきました。

「いやあ、クルミおばば、めんぼくない！」

「あのままじゃ、みんな、ドードー滝《だき》に落《お》ちてしまうところだったんで、あわててにげた」

「おいらたち、ヘータロの足《あし》をはなしてしまって……」

「気《き》がついたら、ヘータロと花《はな》よめさんが、どこにもいない……」

口々《くちぐち》にいいわけしたり、あやまったりしている小《こ》てんぐたちを、クルミおばばは、ぎろりぎろりとにらみながらたずねました。

「ヘータロたちは、滝《たき》つぼに落《お》ちてしまったのかね？」

「いやあ、あれはまだ、ドードー滝《だき》の上《うえ》だった」

「泳《およ》ぎのうまいヘータロだから、すぐに岸《きし》にはいあがると思《おも》ったが、どこにもいない」

「そのまま、滝《たき》に落《お》ちたのか……」

「それで、滝《たき》つぼに飲《の》みこまれたか……」

また、小《こ》てんぐたちは、口々《くちぐち》にいいました。

それをきいたクルミっこは、泣《な》き声《ごえ》でいいました。

「どうしよう……。この滝《たき》つぼに落《お》ちたら、うかびあがれないよ。いくら泳《およ》ぎのうまいへータロでも、無理《むり》だよう……」

「たしかに、この滝《たき》つぼに飲《の》みこまれたら最後《さいご》、いくらへータロでもおだぶつだ」

クルミおばばのおでこのしわは、いっそう深《ふか》くなりました。

コータは、川岸《かわぎし》からおそるおそる身《み》を乗《の》りだすと、滝《たき》つぼをのぞきこんでみました。

滝《たき》の上《うえ》から、ドードーと落《お》ちてくる水《みず》が、すさまじい水《みず》しぶきをあげています。

「うわあ！　なんだかすいこまれそうだよ！」

「気《き》をつけて、コータ！」

そういいながら、さしのべてくれたカズの手《て》を、コータは、ぎゅっとにぎりしめました。

「ヘータロ！　ヘータロ！　だいじょうぶかー？」

さけびながら、さらに川岸《かわぎし》のほうに一歩《いっぽ》ふみだそうとしたコータは、足《あし》元《もと》の草《くさ》につまずいて、思《おも》わず前《まえ》のめりになりました。

「あぶない！」

「気《き》をつけて！」

クルミっこやカズの声《こえ》が、飛《と》んできました。

カズが、しっかり手《て》をにぎっていてくれたおかげで、コータは、あやうくふみとどまりました。

けれど、そのとき、コータの上着《うわぎ》の胸《むね》ポケットから、ポロリとクルミのおふだが落《お》ちました。

さっき、カズのおふだと合《あ》わせたあと、うっかり、ふたもついていない上着《うわぎ》の胸《むね》ポケットに、おふだを入《い》れたままだったのです。

「ああっ！」

コータがさけんだときには、クルミのおふだは、まっすぐ滝《たき》つぼにすいこまれていったあとでした。

「どうしよう！」

ふり返《かえ》ると、カズが、コータの手《て》をぎゅっとにぎったまま、心配《しんぱい》そうに見《み》つめていました。

「コータ！　あぶなかったね。落《お》ちないでよかった……」

カズは、ほっとしたようにいいました。

「あ、ありがと。でも……ぼく、クルミのおふだを滝《たき》つぼに落《お》としちゃった……」

そういってから、コータは、はっとしてあたりを見《み》まわしました。

すでに、クルミっこやクルミおばばのすがたは、消《き》えていました。

「ああ！　クルミっこやクルミおばばがいない！」

カズもふしぎそうな顔《かお》で、あたりを見《み》まわしました。

「ほんとだ！　ぼくたち、クルミおばばの森《もり》から出《で》てしまったんだ。きっと、コータが、クルミのおふだを落《お》としたからだよ……」

「でも……どうして？　カズは、クルミのおふだを持《も》っているのに……」

コータには、わけがわかりません。

「ぼくにもよくわからない……。もしかして、ぼくたち、手《て》をつないでいたから、ぼくが、コータに引《ひ》っぱられてきちゃったのかもしれない……」

カズは、クルミのおふだを取《と》りだして、じっと見《み》つめました。

「でも、このままじゃ、ふたりとも、クルミおばばの森《もり》にもどれないよ！」

にぎり合《あ》った手《て》をはなしたら、カズだけがクルミおばばの森《もり》にもどって行《い》ってしまい、おふだを持《も》っていないコータは、もう、おばばの森《もり》へ行《い》くことができないのでしょうか。

（そんなの、やだ！）

コータは、心《こころ》のなかでさけびました。

「いったい、どうしたらいいんだ」

カズも顔《かお》をゆがめていましたが、ふいに、コータの手《て》に、自分《じぶん》のクルミのおふだをおしつけていいました。

「コータ！　これ、コータにあげる！　だから、コータは、もう一度《いちど》クルミおばばやクルミっこに会《あ》いに行《い》ってよ。いっしょに、ヘータロをさがしてあげて！」

「ええっ？　そんなことしたら、カズがクルミおばばの森《もり》にこられないじゃないか。そしたら、ぼくたち、二度《にど》と会《あ》えなくなる。そんなの、いやだ！」

そういって、コータは、いっそう強《つよ》くカズの手《て》をにぎりしめました。

「ぼくはいいんだ。もうすぐ家族《かぞく》のところに帰《かえ》れるんだから……。クルミ森《もり》へきたのも、クルミおばばやクルミっこにお別《わか》れをいうためだったんだ。だから、コータにあげる！」

カズの顔《かお》は真剣《しんけん》でした。

「え、もうすぐ家族《かぞく》のところに帰《かえ》れるの？　じゃあ、カズは、もうソカイしなくてもよくなったの？」

「ううん。そうじゃないけど、東京《とうきょう》にいる家族《かぞく》も、いなかのしんせきの家《いえ》に、ソカイすることになったんだ。だから、ぼくもしんせきの家《いえ》に行《い》くんだ。とにかく、ぼくは、家族《かぞく》といっしょに住《す》めるんだ。そこで、戦争《せんそう》が終《お》わるのを待《ま》つ……。戦争《せんそう》が終《お》われば、お父《とう》さんもきっと戦地《せんち》から帰《かえ》ってくるから……」

「そうなの……。カズのお父《とう》さん、元気《げんき》で帰《かえ》ってくるといいね」

コータは、ほかになんといっていいのかわかりませんでした。

「コータに会《あ》えて、よかったよ。コータのおかげで、村《むら》の子《こ》どもたちともなかよくなったし……。ありがとな、コータ」

カズは、おどろいてぼうっとしているコータの手《て》のなかに、無理《むり》やり、クルミのおふだをおしつけると、いきなり、にぎった手《て》をふりはらいました。

「ああっ！」

見《み》る見《み》る、カズのすがたは、あたりの森《もり》の風景《ふうけい》のなかにすいこまれるように消《き》えていきました。

「カズー！」

コータは声《こえ》をふりしぼってさけんだのですが、カズがあらわれることは、もうありませんでした。

「カズ……。ありがとう！　ありがとうね！」

コータのさけび声《ごえ》にこたえるように、うしろから、クルミっこが背中《せなか》に飛《と》びついてきました。

「コータ！　よかった！　急《きゅう》にすがたが見《み》えなくなったから、滝《たき》つぼに落《お》っこちたんじゃないかと思《おも》ったよ」

それから、あたりをきょろきょろして、

「あれ？　カズは？」

とたずねました。

すると、クルミっこのうしろにいたクルミおばばが、うなずきながらいいました。

「カズは、家族《かぞく》のところへ帰《かえ》ったのさ」

「……ぼく、クルミのおふだを滝《たき》つぼに落《お》としちゃったんだ……。このおふだは、カズがくれたんだよ……」

そういって、コータが、手《て》のなかのおふだをクルミっこたちに見《み》せると、おばばは「わかっているよ」というように、またうなずきました。

「ぼく……、もう、カズに会《あ》えないの？」

コータが泣《な》きだしそうな声《こえ》できくと、おばばはいいました。

「なーに、また会《あ》えるさ」

「ほんと？」

「そうさ。さあ、あたしたちも、ヘータロ沼《ぬま》で待《ま》ってるみんなのところへ帰《かえ》らないとね」

「ヘータロは？　ヘータロは、どうなったの？」

コータがたずねると、おばばもクルミっこも、そろって首《くび》をふりました。

「……残念《ざんねん》じゃった……」

「かわいそうなヘータロ。せっかく、しあわせな結婚《けっこん》をしたと思《おも》ったら
……」

おばばは、クルミっこの手《て》を引《ひ》いて、歩《ある》きだしました。

カズが消《き》えてしまったばかりか、ヘータロまでいなくなってしまったのです。

コータも、がっくりとかたを落《お》としてあとに続《つづ》きました。

ヘータロの大《だい》ジャンプ

ヘータロ沼《ぬま》にもどってみると、さっきまでの楽《たの》しげなようすはどこへやら、悲《かな》しそうなすすり泣《な》きや、なげき悲《かな》しむ声《こえ》がきこえ、まるでおそう式《しき》みたいです。

クルミおばばのすがたを見《み》ると、ヒキガエルの長老《ちょうろう》が進《すす》み出《で》て、うなだれながらいいました。

「小《こ》てんぐたちから、ことのしだいをきいただよ。ヘータロも、これからというときに、残念《ざんねん》なことをした」

小《こ》てんぐたちは、ひと足先《あしさき》にヘータロ沼《ぬま》へやってきて、すでにオオタカ山《やま》へ帰《かえ》ったあとでした。

「あたしだって、この沼《ぬま》が、おたまじゃくしでいっぱいになるのを楽《たの》しみにしていたんだがねえ……」

クルミおばばと長老《ちょうろう》は、手《て》を取《と》り合《あ》い、かたをたたいてなぐさめ合《あ》いました。

とじたクルミおばばの目《め》から、涙《なみだ》がぽろぽろとこぼれるのを見《み》ているうちに、コータの目《め》にも、じわーんと涙《なみだ》がわいてきました。

そのときです。とつぜん、ヘータロ沼《ぬま》のほうで、ザバザバーっと、水《みず》をけたてるような音《おと》がしました。

はっとして、みんなが沼《ぬま》のほうを見《み》ると、なんと、水《みず》のなかから飛《と》びだしてきた花《はな》よめさんが、さっきのハスの葉《は》の上《うえ》に、ぴょんと飛《と》び乗《の》ったのです。

続《つづ》いて、ジャッボーンと水《みず》しぶきをあげて、ヘータロも沼《ぬま》から飛《と》びだしてきました。

あまりのおどろきに、だれもがぽかんと口《くち》をあけています。

すると、ヘータロは、ハスの葉《は》の上《うえ》で花《はな》よめさんとならんですわり、岸《きし》辺《べ》のみんなに、とくいそうに手《て》をふりました。

「へー！　へー！　おれさま、行《い》ってきたど！　ドードー滝《だき》に行《い》ってきたど！　滝《たき》のうらがわの横《よこ》あなから地下《ちか》の道《みち》をとおって、ヘータロ沼《ぬま》まで帰《かえ》ってきたぜ！　りっぱに花《はな》よめをまもりとおしたど！」

沼《ぬま》のほとりのみんなは、そんなヘータロを、ただあっけにとられて見《み》つめているばかりです。

「どうした、どうした。へ？　みんな、そう式《しき》みたいな顔《かお》をして。ヘータ

ロさまが新婚旅行《しんこんりょこう》から帰《かえ》ってきたんだ。かんげいしてくれんのかい?」

それをきいて、やっと、みんな、笑顔《えがお》になりました。

「わあ、ヘータロが帰《かえ》ってきた!」

「新婚旅行《しんこんりょこう》から帰《かえ》ってきたよ!」

沼《ぬま》のほとりに、ようやくよろこびの声《こえ》があふれました。

「よかった! ヘータロと花《はな》よめさん、滝《たき》つぼに落《お》ちたんじゃなかったんだね!」

クルミっこは、泣《な》き笑《わら》いしながら、コータにだきつきました。

「そうだったのか! ヘータロ、やったじゃないか。滝《たき》のうらがわの横《よこ》あなからもどってきたとは、じょうできじゃ! カッカッカッカ!」

クルミおばばも、カスタネットみたいに口《くち》をパカパカさせて笑《わら》いました。

「あの滝《たき》に落《お》ちて助《たす》かるとは、たいしたもんだ。さあさあ、こっちにきて、みんなに話《はな》してくれ。いったい、どんなふうにして、滝《たき》のうらがわの横《よこ》あなに入《はい》りこんだのか。みなのしゅうも、こっちへきて、ヘータロのぼうけんに耳《みみ》をかたむけるがいいぞ。さあさあ、さあさあ！」

ヒキガエルの長老《ちょうろう》も、感激《かんげき》のあまりか、声《こえ》をうわずらせていいました。

ふたたび、花《はな》よめとならんで、ヤナギの下《した》の切《き》り株《かぶ》にすわったヘータロは、そっくり返《かえ》ってみんなを見《み》まわしました。

コータも、みんなのうしろにすわって、ヘータロの話《はなし》に耳《みみ》をすませました。

「ヘヘンのヘン！　話《はな》してやろう、おれさまの大《だい》ぼうけん。耳《みみ》のあなをかっぽじって、ようくきけ！　まずは、おれさまが、さらわれた花《はな》よめに飛《と》びついたときの大《だい》ジャンプからだ！」

ヘータロは、集《あつ》まってきたみんなを前《まえ》に、大《だい》ぼうけん話《ばなし》をはじめました。

「おれさまがあのとき、とっさにジャンプして、花《はな》よめに飛《と》びつかなかったら、このかわいい花《はな》よめは、今《いま》ごろどうなっていたか……。それを思《おも》うと、われながら、このおれさまのとっさの行動《こうどう》と勇気《ゆうき》をほこりに思《おも》うぞよ」

そこで、となりの花《はな》よめさんが大《おお》きくうなずき、きいていたみんなもせいだいに拍手《はくしゅ》をしました。

(さあ、次《つぎ》は空中戦《くうちゅうせん》の話《はなし》だぞ)

コータは、胸《むね》をワクワクさせて待《ま》っているのですが、ヘータロの話《はなし》は、なかなか次《つぎ》に進《すす》みません。

すぐに、ジャンプのところへもどってきてしまうのです。

「ヘータロどん、滝《たき》のうらがわの話《はなし》をしてくれ。どうやって、その横《よこ》あなに入《はい》りこんだんだね」

とうとう、ヒキガエルの長老《ちょうろう》がさいそくしました。

すると、ヘータロは、チラッときまりわるそうな顔《かお》で、花《はな》よめのほうを見《み》ていいました。

「いや……まあ、それは、この花《はな》よめさんがだな、おれさまの手《て》をつかんで、引《ひ》っぱってくれたんでな」

それをきいた長老《ちょうろう》は、びっくりしていいました。

「ホエー！　それじゃあ、横《よこ》あなに入《はい》れたのは、花《はな》よめさんのおかげだったたか？」

花《はな》よめさんは、ただニコニコと笑《わら》っているだけです。

「へ！　この花《はな》よめさんは、かわいい顔《かお》ににあわず、たいしたどきょうを

してるのだ。おれさまの目《め》にくるいはなかった。それより、タカがこの花《はな》よめをつかんで飛《と》びあがったその瞬間《しゅんかん》、おれさまは、ここで飛《と》びつかなかったら、一生後悔《いっしょうこうかい》すると思《おも》った。あのジャンプはすごかった。ヒキガエルのヘータロ、一世一代《いっせいいちだい》の大《だい》ジャンプだ!」

ヘータロの話《はなし》は、またもとにもどってしまいました。

そばにいたクルミおばばが、ボソッとつぶやきました。

「なるほど。ヘータロは、たいした花《はな》よめをつかまえたもんだ。地下《ちか》のぼうけんも、あの花《はな》よめといっしょなら、こわくはなかっただろ」

それから、コータにいいました。

「コータ、このぶんじゃ、ヘータロの話《はなし》はジャンプのところから先《さき》へ進《すす》みそうにないぞ。そろそろ、みんなのところに帰《かえ》ったほうがいい」

おばばにいわれて、コータは思《おも》いだしました。

(そうだ。夕方《ゆうがた》からおじいちゃんの同窓会《どうそうかい》があるんだった)

コータたちは早《はや》めに宿《やど》へ行《い》き、温泉《おんせん》に入《はい》ったりして、ゆっくりすることになっていたのです。

気《き》がつけば、クルミっ子《こ》たちに会《あ》ってから、ずいぶん長《なが》い時間《じかん》がたっています。

コータが立《た》ちあがったのを見《み》て、クルミっこがいいました。

「地下《ちか》のぼうけんの話《はなし》は、あたいがヘータロの花《はな》よめさんからきいといてあげるよ。だから、またきてね、コータ」

「そうじゃ。せっかく、カズがクルミのおふだをコータにくれたんじゃ。大事《だいじ》にするんだぞ。そして、またクルミ森《もり》にくるがいい!」

「うん、わかった！　ぼく、いつまでも大事《だいじ》にするよ」

コータは、クルミっこたちに手《て》をふって、てんぐ岩《いわ》のほうに歩《ある》きだしました。

おじいちゃんは同窓会《どうそうかい》で

すぐにてんぐ岩《いわ》が見《み》えてきました。

(おじいちゃんたち、どうしてるかな)

コータがそう思《おも》いながら歩《ある》いていると、ユカの声《こえ》がきこえてきました。

「コータ！　もどってきて！　そろそろ帰《かえ》るってよ！」

てんぐ岩《いわ》の前《まえ》の広場《ひろば》で、お姉《ねえ》ちゃんのユカが大声《おおごえ》でよんでいます。

岩《いわ》だなの上《うえ》では、お母《かあ》さんがお弁《べん》当《とう》をかたづけていました。

お父《とう》さんは、オオタカ山《やま》のほうに

カメラをむけて、写真《しゃしん》をとっているところでした。

岩《いわ》だなの上《うえ》にすわっていたおじいちゃんは、コータを見《み》ると、立《た》ちあがって手《て》をふってくれました。

コータがクルミっこたちと会《あ》ってから、まだそんなに時間《じかん》がたっていないようでした。きっと、クルミおばばの目《め》くらましなのでしょう。

「帰《かえ》ってきたわよ、コータ！」

コータが広場《ひろば》にもどってきたのを見《み》て、ユカはお母《かあ》さんのほうにむかってさけびました。

「さあ、そろそろ宿《やど》にいくか！」

お父《とう》さんが、カメラをしまいながらいいました。

宿《やど》にむかう車《くるま》では、助手席《じょしゅせき》にお母《かあ》さんがすわり、おじいちゃんとコータとユカがうしろにすわりました。

おじいちゃんは、何《なに》か考《かんが》え事《ごと》にふけっているようでした。

「おじいちゃん、だいじょうぶ？　同窓会《どうそうかい》にでるの、心配《しんぱい》なの？」

コータがたずねると、おじいちゃんは、前《まえ》をむいたまままいいました。

「そんなことないよ。ちょっと、子《こ》どものころのことを思《おも》い出《だ》していただけさ」

「そう……。でもさ、もしかしたら、ソカイしていたころ、おじいちゃん、村《むら》の子《こ》どもたちにいじめられたりしてたんじゃないの？」

コータがそういうと、おじいちゃんはいきなり笑《わら》いだしました。

「わっはっは！　そんなことを心配《しんぱい》してたのか。だいじょうぶだよ。ここへくるとき、ミヤちゃんに会《あ》っただろ？」

「ああ、あの同級生《どうきゅうせい》のおじいさん？」

「じつをいうとな、あのミヤちゃんにだって、よく追《お》いかけられたんだよ。あいつもなかなかワルがきだったからな。だけど、こっちも、村《むら》の家《いえ》ののき下《した》から、ほしがきをぬすんだりしてたんだ。何《なに》しろ、いつもおなかをすかせていたからな」

おじいちゃんは笑《わら》いながらいいました。

「えー？　あのミヤちゃん、ワルがきだったの？」

ユカが声《こえ》をあげました。

「ミヤちゃんだけじゃないさ。あとふたり、ワルがきがいてな。はじめのうちはこわかったけど、帰《かえ》るころには、なかよしになったんだよ。でも、さっき、ミヤちゃんに会《あ》わなかったら、やっぱり同窓会《どうそうかい》にでるの、心配《しんぱい》だったかもしれないなあ」

「そうなの！　よかったね、おじいちゃん」

コータは、大好《だいす》きなおじいちゃんに頭《あたま》をよせていいました。

「四人《よにん》でよくクルミ森《もり》で遊《あそ》んだんだ。ああ、同窓会《どうそうかい》が楽《たの》しみになってきたぞ。あとのふたりもくるかな。あのワルがきたち、どんなじいさんになってるかな？　ふっふっふ」

それをきいたお父《とう》さんがひやかしました。

「あはは！　きっとむこうも、そういってるよ」

車《くるま》のなかには、コータたち一家《いっか》の笑《わら》い声《ごえ》がはじけました。

「じゃあ、おじいちゃん、楽《たの》しんできてね」

「みなさんによろしく！」

「ミヤちゃんにもよろしく！」

「あとで、話《はなし》をきかせてね！」

宿《やど》へもどると、おじいちゃんは、みんなに送《おく》られて、そわそわしながら、同窓会《どうそうかい》が開《ひら》かれる大広間《おおひろま》に行《い》きました。


コータたちは、おふろに行《い》ってから、部屋《へや》で夕食《ゆうしょく》を食《た》べました。

コータは、おじいちゃんから同窓会《どうそうかい》の話《はなし》をききたくて、その晩《ばん》は、おそくまで、がんばって起《お》きていました。

宿《やど》の部屋《へや》は二間続《ふたまつづ》きで、コータはおじいちゃんと同《おな》じ部屋《へや》でねることに

なっていました。

夜《よる》おそく、コータたちの部屋《へや》に帰《かえ》ってきたおじいちゃんは、コータの顔《かお》を見《み》るなり、にこにこしながらいいました。

「コータ。これに見《み》おぼえがあるかい？」

そういって、見《み》せてくれたのは、何《なに》やら、古《ふる》ぼけた小《ちい》さな紙《かみ》の箱《はこ》です。

「え、なに、それ？」

コータは、手《て》わたされた紙《かみ》の箱《はこ》を、しげしげとながめました。

古《ふる》ぼけて色《いろ》あせ、かどのところなどすり切《き》れている紙《かみ》の箱《はこ》には「生《なま》キャラメル」と書《か》いてあります。

「生《なま》キャラメル？　え、どうしたの、これ？」

コータは、わけがわからなくて、おじいちゃんの顔《かお》を見《み》ました。

「それはな、ミヤちゃんが、ずっと大切《たいせつ》に持《も》っていたものだよ」

「どうして？」

コータには、まだよくわかりません。

「おじいちゃん、ソカイしていたころ、おなかがすいてたまらなくて、ほしがきをぬすんだっていったろ？　それで、ミヤちゃんたちに追《お》いかけられて、とうとうつかまってしまったんだ。でも、おわびに、この生《なま》キャラメルをあげたら、あいつら、こんなおいしいものを食《た》べたことがないって、大感激《だいかんげき》したんだよ。それから、おじいちゃんともなかよくなった。ミヤちゃんは空《あ》き箱《ばこ》をすてられなくて、今《いま》まで大切《たいせつ》に持《も》っていたんだそうだ……」

そういうおじいちゃんの目《め》には、だんだん、涙《なみだ》がうかんできました。

「これは、コータがくれた生《なま》キャラメルなんだよ……」

「えーっ？」

コータはおどろいて、もう一度《いちど》ようくあき箱《ばこ》を見《み》てみました。

古《ふる》ぼけてはいますが、たしかに、この前《まえ》、クルミ森《もり》に行《い》ったとき、コータがカズにあげた生《なま》キャラメルの箱《はこ》と同《おな》じです。

「そのしょうこに、賞味期限《しょうみきげん》が今年《ことし》になってる……。ミヤちゃんも、そこまでは気《き》がついていないがな」

おじいちゃんは、つぶやきました。

「じゃあ……じゃあ、やっぱり、カズはおじいちゃんだったんだね！」

コータは大声《おおごえ》をあげました。

「たしかなしょうこがなければ信《しん》じられないのは、大人《おとな》のわるいくせだ。

コータの話《はなし》をきいて、おじいちゃんは、はっきりと思《おも》い出《だ》していたんだよ。ただ、クルミおばばの森《もり》のことだけは、夢《ゆめ》なのか本当《ほんとう》のことなのか、わからなかった……。みんな、ほんとのことだったんだね。なんともふしぎなことだが、クルミおばばの森《もり》では、時間《じかん》の流《なが》れも関係《かんけい》ないんだなあ」

「おじいちゃん！　じゃあ、あのあと、おじいちゃんのお父《とう》さんは、戦争《せんそう》から無事《ぶじ》に帰《かえ》ってきたの？」

コータは、気《き》になっていたことをたずねました。

すると、おじいちゃんは、かすかに首《くび》をふりました。

「いや……。とうとう帰《かえ》ってこなかった。でも、おじいちゃんはしあわせだ。こうして、今《いま》、いい家族《かぞく》にかこまれているんだからな」

それをきいたコータは、おじいちゃんにだきついていきました。

――ほうら、またカズに会《あ》えただろ――
笑《わら》いながらそういっているクルミおばばの声《こえ》が、
コータには、きこえてくるような気《き》がしました。

末吉暁子（すえよし　あきこ）

一九四二年、神奈川県生まれ。『星に帰った少女』（偕成社）で、七七年に第六回日本児童文芸家協会新人賞、七八年に第一一回日本児童文学者協会新人賞受賞。八六年、『ママの黄色い子象』（講談社）で第二四回野間児童文芸賞受賞。九九年、『雨ふり花　さいた』（偕成社）で第四八回小学館児童出版文化賞受賞。そのほか「ざわざわ森のがんこちゃん」シリーズ（講談社）「ぞくぞく村のおばけ」シリーズ（あかね書房）「やまんば妖怪学校」シリーズ（偕成社）など著書多数。
ホームページ http://www5b.biglobe.ne.jp/~akikosue/

多田治良（ただ　はるよし）

一九四四年、東京都生まれ。桑沢デザイン研究所卒業。イラストレーターとして広告の仕事を中心に活躍中。神田神保町の書店「書泉」の栞のイラストをライフワークとしている。絵本に『クロコのおいしいともだち』『みんなでわっはっは』『はるちゃんとプーのおるすばん』（あわたのぶこ 作　以上、フレーベル館）、挿絵に「おばけ屋」シリーズ（あわたのぶこ 作　小峰書店）などがある。

クルミ森のおはなし④

魔法のおふだをバトンタッチ

二〇一〇年八月　第一刷発行

末吉暁子 作　多田治良 絵

発行　ゴブリン書房
〒一八〇-〇〇〇六
東京都武蔵野市中町三-一〇-一〇-二一八
電話　〇四二二-五〇-〇一五六
ファクス　〇四二二-五〇-〇一六六
http://www.goblin-shobo.co.jp/
編集　津田隆彦

印刷・製本　精興社

NDC913 ISBN978-4-902257-18-2 C8393
96p 203×152

オオタカ山
こうげのてっぺん
てんぐ岩
ヘータロ沼
クルミ森の入口
クルミおばばの木